Lukas Limberg

Mein Leben Minus Drei

Lukas Limberg

Mein **Leben**

Minus *Drei*

Verlag: BoD · Books on Demand GmbH, In de Tarpen 42, 22848
Norderstedt, bod@bod.de
Druck: Libri Plureos GmbH, Friedensallee 273, 22763 Hamburg

ISBN: 978-3-7693-5130-9

Inhalt

I.
Mein Leben als Vater

Jetzt habe ich sie zum Weinen gebracht. Schon wieder. Dabei wollte ich das doch gar nicht. Und doch kullern nun kleine Tränchen über ihre rundlichen, geröteten Wangen und ein ersticktes Schluchzen erfüllt unser Esszimmer. Mein Hals ist wie zugeschnürt. Die kleine Maus tut mir so schrecklich leid und ich bin schuld daran, dass sie so weint.

Unfähig mich zu rühren, sitze ich da. Mein Herz hämmert wie wild in meiner Brust und mein Körper zittert, während ich meiner weinenden Tochter in ihr Gesicht blicke. Der Hall meiner eigenen Stimme lastet mir noch immer auf den Ohren und so vernehme ich nur dumpf, wie sich die Wohnzimmertür öffnet.

Mist. Dabei wollte Kim sich doch ausruhen. Sie hat es bitter nötig. Die Esszimmertür öffnet sich und meine Frau steht im Rahmen. Sie schaut zu unserer Tochter, dann zu mir. Ihr Blick spricht Bände. Wir sehen uns einen Moment in die Augen, dann wendet Kim sich ab, läuft zu Maja, die noch immer weinend in ihrem Kinderstuhl sitzt und geht langsam neben ihr in die Hocke. Es strengt sie sichtlich an, denn ein gewaltiger Babybauch zieht unnachgiebig an ihr.

„Was ist denn passiert?", fragt Kim schließlich mit sanfter Stimme.

„Papa hat geschrei", presst unsere Tochter

zwischen zwei lauten Schluchzern hervor. Wieder ein Blick von Kim in meine Richtung.

„Und warum hat er das gemacht, Schatz?", fragt meine Frau mitleidig und schaut zurück zum geröteten Gesicht der Kleinen.

„Ich hab da gekleckert", schnieft Maja und zeigt auf die kleine – *die winzige* – Pfütze, die sie zuvor beim Umrühren ihrer Suppe auf dem Tisch verursacht hat.

Kim richtet sich behäbig auf und schaut mich entgeistert an. „Und deswegen brüllst du sie so an, dass mir sogar im Wohnzimmer fast der Schädel platzt?"

„Weil sie es einfach nie schafft, beim Essen mal keine Sauerei zu machen", blaffe ich sie an und fühle mich scheiße, noch während die Worte meine Lippen verlassen.

„Ja und?", entgegnet meine Frau mit ungläubigem Blick. „Sie ist drei Jahre alt. Drei. Konntest du da schon alles perfekt?"

Ich presse die Lippen zusammen und starre meine Frau wortlos an. Ich bin wütend. Wütend auf Maja. Wütend auf Kim. *Nein. Das ist Bullshit.* Ich bin einzig und allein wütend auf mich selbst. Wütend darauf, dass ich mein Kind, das ich von ganzem Herzen liebe, schon wieder zum Weinen gebracht habe; dass sie Angst vor mir hat. Wütend darauf, dass ich meiner Frau aktuell ständig zur Last falle, statt sie in diesen wichtigen Tagen der Schwangerschaft zu unterstützen. Wütend darauf, dass ich im Moment dermaßen überfordert mit mir selbst bin, dass ich es alle anderen um mich herum ausbaden lasse. Und wütend darauf, dass mir all das vollkommen bewusst ist und ich trotzdem einen Scheiß daran ändere. Ich bin ein verdammter Versager.

Wer ist denn schuld an meinem Stress? Wer nimmt auf der Arbeit ständig viel zu viele Aufträge an und kommt dann kaum hinterher? Wer tippt in seiner Freizeit lieber an seinem Blog über Sammelkarten, statt mit seiner kleinen Tochter zu spielen und hasst sich täglich dafür? Wer brüllt seine Frau an, statt sie in den Arm zu nehmen und ihr zu sagen, wie sehr er sie liebt? Wer hat ein zweites Kind gezeugt und kommt nun mit dem aufsteigenden Stress und den drohenden finanziellen Belastungen nicht klar?

Ich allein. Und ich kann nicht mehr.

II.
Mein Leben in Dunkelheit

Kurze Zeit später sitze ich auf dem Rand unseres Ehebettes und starre benommen aus dem Fenster. Draußen wird es bereits dunkel und im Schein einer Straßenlaterne sehe ich feine Regentropfen zu Boden fallen. Kim ist gerade dabei, Maja in ihr Bettchen zu bringen. Wie nicht anders zu erwarten, wollte die Kleine lieber, dass ihre Mama das heute übernimmt. Ihr Papa funktioniert gerade sowieso nicht richtig. Mein Kopf ist völlig leer und gleichzeitig erfüllt vom Lärm meiner Sorgen, Ängste und Schuldgefühle. Ich kann einfach nicht mehr. Ich weiß nicht mehr weiter. Ich muss doch der Held meiner Tochter sein. Ich muss der starke Mann an der Seite meiner Frau sein. Ich muss derjenige sein, der seiner Familie die Welt zu Füßen legt und niemals Schwäche zeigt.
Niemals Schwäche zeigen.
Ich schaffe es nicht mehr.

Hinter mir öffnet sich die Tür. Ich höre, wie Kim das Schlafzimmer betritt und damit beginnt, sich zum Schlafengehen umzuziehen. Ich rege mich nicht. Wie gern würde ich mich zu ihr umdrehen und ihr sagen, dass es mir leidtut und dass ich mich bessern werde. Ich möchte sie anschauen und ihr sagen, dass sie für mich die schönste und aufregendste Frau der Welt ist und ich alles daran setzen will, sie glücklich zu machen und ihr nicht mehr zur Last zu fallen. Ich möchte

12

ihr sagen, dass ich der kleinen Maja endlich wieder ein toller Vater sein will.

Aber ich kann nicht.

Ich traue mich nicht und bin mir sicher, dass sie im Moment ohnehin nichts von mir hören will. Vermutlich würde sie all meine Äußerungen ohnehin als leere Worte abtun. *Wer könnte es ihr verübeln?* Es wäre ja nicht das erste Mal, dass mir diese Sätze über die Lippen kommen. Es wäre auch nicht das erste Mal, würde ich sie im Anschluss nicht wahrmachen.

„Wie geht's der Kleinen?", frage ich stattdessen mit tonloser Stimme.

Die Geräusche in meinem Rücken stoppen und ich kann den Blick meiner Frau förmlich spüren. „Das fragst du sie morgen am besten einfach selbst."

Die nachfolgende Stille hängt schwer im Raum, bis Kim sich wieder dem Anziehen ihres Nachthemdes zuwendet. Sie hat recht. Ich muss selbst mit Maja sprechen. Ich muss ihr sagen, dass das, was ihr Papa getan hat, falsch war und mich bei ihr entschuldigen. *Doch was ist, wenn sie mir nicht glaubt? Was ist, wenn ich wieder diese Angst in ihren Augen sehe?* Allein die Erinnerung an den Blick, den die Kleine mir nach meinem Ausbruch zugeworfen hat, bevor sich ihre Augen mit Tränen gefüllt haben, lässt meine Unterlippe beben. Es hat mich so furchtbar hart getroffen.

Wie jedes Mal, wenn sie mich so ansieht.

III.
Mein Leben auf der Flucht

Durch meinen Gedankensturm bekomme ich nur entfernt mit, wie Kim das Licht löscht und langsam und bedächtig ins Bett kriecht. Sie geht so unglaublich behutsam mit unserem ungeborenen Sohn um. Und ich? Wie will ich denn nach der Geburt irgendwie für meine Frau und unser neues Familienmitglied sorgen, wenn ich jetzt schon vollkommen überfordert bin? Wenn ich schon bei einem Kind versage, wie schlimm wird es dann erst mit zweien?

„Machst du noch die Vorhänge zu, bevor du dich hinlegst?", fragt mich Kim leise.

Ich nicke. *Sieht sie überhaupt in meine Richtung?* Ich kann mich nicht umdrehen.

Schweigend beobachte ich weiter den Regen vor unserem Fenster. Abwesend knete ich mit meinem rechten Daumen die Handfläche meiner linken Hand. Ein Ausdruck meiner inneren Unruhe, wie meine Frau es mal bezeichnet hat. Vermutlich hatte sie damit recht. Ich bin vollkommen aufgewühlt, kaum in der Lage, einen klaren Gedanken zu fassen. Mein Herz rast in meiner Brust und ein schrilles Pfeifen klingt in meinen Ohren. Das Atmen fällt mir schwer.

Vor meinem geistigen Auge taucht plötzlich das Gesicht meiner Tochter auf. Ihr zauberhaftes Lächeln, ihr freches Lachen. Ich höre ihre Stimme, als sie das erste Mal zu mir gesagt hat, dass sie mich liebhat.

Damals bin ich beinahe geplatzt vor Glück und Liebe. Und auch jetzt wärmt die Erinnerung mein Herz. Für einen kurzen Moment, ehe sie vom eisigen Griff der Reue verdrängt wird. Dann sehe ich plötzlich Kim vor mir, als sie die Kleine nach der Geburt völlig erschöpft und blass, aber sichtlich stolz und glücklich auf ihrer Brust liegen hatte. Damals habe ich gestrahlt, gelacht und beiden mit Tränen in den Augen wieder und wieder gesagt, wie sehr ich sie liebe. Alles Dinge, die ich schon sehr lange nicht mehr getan habe. Ein schwerer Druck legt sich auf meine Brust.

Ich muss hier raus!

Leise, um Kim nicht zu wecken, rutsche ich von der Bettkante und schleiche vorsichtig aus dem Schlafzimmer. *Wohin soll ich gehen? Egal. Nur weg. Raus. In die kalte Nachtluft. Ich kann kaum atmen.*

Ich schlüpfe in meine Jacke, stecke mein Handy und meine Schlüssel ein und schnappe mir im Vorbeigehen noch mein Portemonnaie vom Flurschrank. Für alle Fälle. Dann schlüpfe ich geräuschlos in meine Turnschuhe, schleiche durch den Flur und schiebe mich schließlich durch die Haustür hinaus in die kalte, feuchte Abendluft. Nachdem ich die Tür leise hinter mir zugezogen und abgeschlossen habe, halte ich ratlos inne. *Wohin?* Ich habe keine Ahnung. Doch zu Hause kann ich gerade einfach nicht bleiben. Ich muss versuchen, einen klaren Kopf zu bekommen.

Also laufe ich los.
Ohne Plan.
Ohne Ziel.
Begleitet vom kühlen Abendwind und dem sanften Rieseln des Regens.

IV.
Mein Leben bei Nacht

Es ist verdammt kalt heute Nacht.

Gedankenverloren wandere ich durch die Straßen der Stadt und obwohl mich eben noch alles nach draußen gezogen hat, merke ich doch, dass mein Weg mich kaum wegführt von unserem Haus. Kaum weg von meiner Familie. Wie ein Mond ziehe ich meine Bahnen um den Mittelpunkt meines Lebens und spüre, wie ich einfach nicht loskomme.

Will ich das denn?

Ja.
Nein.
Scheiße.

Ich weiß es nicht. Ich weiß überhaupt nichts mehr. Mein Kopf ist zu keinem klaren Gedanken fähig. Stattdessen malträtiert er mich mit zusammenhanglosen Bildern meiner Frau, meiner Tochter, glücklichen Momenten, Streitereien, Trauer, Freude. Ungerührt und unnachgiebig überflutet er mich mit heftigsten Empfindungen. Mir wird schwindelig. Zitternd lasse ich mich auf die Bank einer heruntergekommenen Bushaltestelle fallen. *Ist das die Kälte?* Wahrscheinlich meine Nerven. Vielleicht auch beides. Abwesend massiere ich meine Handflächen und starre auf meine Schuhe. *Was mache ich hier eigentlich? Warum bin ich weggelaufen? Wohin will ich überhaupt?* Alles Fragen, auf die ich keine Antwort habe. Wie auf so vieles im Moment.

Behäbig stehe ich auf. *Warum überhaupt? Ich habe doch eh kein Ziel.* Ich schaue mich um, nehme zum ersten Mal an diesem Abend meine Umgebung wahr. Es ist niemand zu sehen. Ein paar alte Straßenlaternen werfen ihr schwaches, kaltes Licht auf die nassen Straßen und Gehwege und ein feiner Nebel hängt in der Luft. Immerhin hat der Regen aufgehört.

Mein Blick bleibt auf einem Schild hängen.

Nein.

Doch.

Ich darf nicht.

Warum eigentlich nicht?

Der Barhocker, auf dem ich wenig später sitze, ist hart und ungemütlich. Doch das ist eine Empfindung, die sich am äußersten Rand meiner Wahrnehmung befindet und kaum zu mir durchdringt. Etwas anderes verdrängt sie und nimmt meinen Fokus voll und ganz für sich ein. Mein Herz scheint jeglichen Takt zu verlieren, während ich mit heftig zitternden Händen und einem schalen Geschmack im Mund auf das Glas blicke, das direkt vor mir auf der Theke steht. Seine Außenseite ist beschlagen und hin und wieder rinnt ein kleiner Tropfen das kühle Glas hinab. Die klare Flüssigkeit, drei Eiswürfel und eine dünne Limettenscheibe versprechen mir lockend den himmlischsten Genuss und eine nie dagewesene Erfrischung.

Wie lang habe ich keinen Gin Tonic mehr getrunken?
Jahre.
Wie lang habe ich keinen Alkohol mehr getrunken?
Fünf Jahre und sieben Monate.

Seit ich trocken bin.

Das hier ist ein gewaltiger Fehler und ich weiß es. Ich war so lang stark. So unglaublich lang. Ich brauche dieses verdammte Zeug nicht. Oder doch? Mein Leben ist ohne Alkohol viel besser. Ist es das denn? Wäre ich dann hier? Will ich wirklich immer nur versuchen, perfekt zu sein und am Ende trotzdem von Depressionen, Ängsten und Zweifeln zerfressen werden? Warum nicht mal für ein paar Stunden nicht mehr so empfinden?

Mein Finger berühren das kalte Glas.

V.
Mein Leben von damals

Langsam ziehe ich den Longdrink näher an mich heran. Um mich herum versinkt alles in Schwärze und Stille. Es gibt nur noch das Glas und mich. Mich und das Glas. Nur uns. Langsam, mit der schwachen Trägheit eines Schlafwandlers, hebe ich das Getränk in die Höhe und lasse es sanft kreisen. Die Eiswürfel geben ein verspieltes Klimpern von sich und mein Mund fühlt sich unendlich trocken an. Alles in mir schreit nach Linderung.

Irgendwo tief in mir erwachen alte Erinnerungen und wühlen sich unaufhaltsam an die Oberfläche meines Bewusstseins. Erinnerung an ausgelassene Trinkabende mit meinen Freunden. Erinnerungen an die köstlichen Cocktails und absolut ungenießbaren Feuerwasser, welche die Ergebnisse unserer experimentellen Mischungen und immer wilder werdenden Rezeptideen waren. Erinnerungen an leidenschaftlichen und ungehemmten Sex, den ich betrunken mit irgendwelchen Frauen auf irgendwelchen Partys hatte. Erinnerungen an mein früheres Ich.

Erinnerungen, von denen ich gehofft hatte, sie seien längst verdrängt und verloren.

Was mein Gehirn mir da an Bildern von früher präsentiert und als absolut großartige Zeit zu verkaufen versucht, war in Wahrheit eine absolut beschissene Phase meines Lebens, in der ich mehr und mehr zu einem jämmerlichen Wrack verkam. Ich verlor meine damalige Freundin durch einen besoffenen Seitensprung mit einer Unbekannten auf einer Party, brach jeglichen Kontakt zu meinen Eltern und dem Rest meiner Familie ab, war ständig pleite und wie oft ich irgendwo ohne Gedächtnis in meiner eigenen Kotze aufgewacht bin, konnte ich irgendwann nicht mal mehr zählen.

Und das Schlimmste daran ist, dass es so unfassbar lang gedauert hat, bis ich erkannte, dass das nicht das großartige Leben war, als das ich es immer betrachtete. Nichts daran war großartig.

Es war die Hölle.

Eine Hölle, in die zurückzukehren ich in diesem Moment im Begriff bin. Sie lockt mich mit unbeschreiblichen Genüssen, dem Segen des Vergessens und der Gnade, für eine gewisse Zeit nicht mehr so viel grübeln und nicht mehr so schrecklich intensiv empfinden zu müssen. Sie verspricht mir Linderung. Sie verspricht mir, dass sich all meine Sorgen und Probleme schon bald viel weniger schlimm anfühlen werden. Und ich bin kurz davor, ihr zu glauben.

Schlagartig bin ich wieder im Hier und Jetzt und starre auf das Glas in meiner Hand. Mir läuft die Zeit davon und ich weiß, dass ich jetzt handeln muss, oder es zu spät ist. Träge und nur unter Aufbringung sämtlicher Willenskraft schaffe ich es, das Glas zurück auf die Theke zu stellen. Meine Finger wollen sich kaum von der kühlen, glatten Oberfläche lösen und als sie es endlich tun, fühlt es sich an, als beginge ich einen gewaltigen Fehler. Es ist, als verabschiede ich mich von einer Geliebten, nach der ich mich bereits sehne, während ich ihre Wärme noch auf meinem Körper spüren kann.

Hektisch und mit klammen Fingern nestele ich an meiner Hosentasche herum, bis ich endlich mein Handy zutage gefördert habe. Ich brauche sofort Hilfe! Eilig entsperre ich das Display und halte inne.

Wen soll ich anrufen?

Kim?

Wohl kaum.

Eigentlich gibt es nur eine Wahl.

Ich muss *sie* anrufen.

Und zwar schnell.

Meine Finger wischen fahrig über das Display, bis endlich *ihr* Name zwischen meinen Kontakten auftaucht und ich drücke gehetzt auf den grünen Hörer.

VI.
Mein Leben mit ihr

Mir klingeln immer noch die Ohren, als Victoria die Beifahrertür hinter mir zuknallt, mit wütenden Schritten ihren VW Polo umrundet und sich so schwungvoll hinters Lenkrad wirft, dass ihr Auto ordentlich ins Schwanken gerät. Ich war nicht mal dazu gekommen, ihr am Telefon vollständig zu schildern, in welche Falle ich mich selbst manövriert hatte, als sie mich schon unter wüsten Beschimpfungen zusammengefaltet und mir mit dem Tode gedroht hat, wenn ich mein Glas bis zu ihrer Ankunft auch nur berühren würde. Ihre Worte hatten definitiv Wirkung gezeigt und so war es mir tatsächlich gelungen, den Gin Tonic unangetastet zu lassen, bis sie schließlich durch die Tür der Kneipe gestürmt war, einen Zehner auf die Theke geknallt und mich wie einen Schuljungen am Arm nach draußen geschleift hatte.

„Danke", murmele ich verlegen. Sonst fällt mir nichts ein, das ich sagen könnte.

„Du bist so ein dummer Vollidiot", schimpft Vicky, während sie ihr Auto startet und augenblicklich das Gaspedal voll durchtritt.

Wieder knete ich meine Hände und spüre, wie mein Blick ins Leere abdriftet. „Ich weiß."

„Hey", ertönt Vickys Stimme und mit einem Mal klingt sie um ein Vielfaches sanfter. „Danke, dass du mich angerufen hast. Das hast du echt gut gemacht."

Ich schenke ihr ein mattes, freudloses Lächeln. „Ja, wie alles, das ich tue.“

Victoria schweigt, doch ich kann spüren, dass sie mich ansieht. Das ist eine der Sachen, die ich wirklich sehr an ihr schätze: Sie weiß, dass man nicht immer zu allem etwas sagen muss und dass es manchmal auch gut und richtig sein kann, einfach mal etwas Stille zuzulassen.

Vicky ist nach Kim vermutlich die Frau, die mir am meisten bedeutet und das, obwohl wir uns noch gar nicht so lange kennen. Wir haben uns vor etwas über einem Jahr auf einer Spielwarenmesse kennengelernt, auf der ich ein neues Sammelkartenspiel getestet habe. Sie war dort am Stand des Herstellers als Hostess angestellt, wir kamen ins Gespräch und haben uns ab der ersten Sekunde blendend verstanden. Wir tauschten unsere Nummern aus, schreiben seitdem beinahe täglich und treffen uns auch immer wieder. Mit Vicky kann ich einfach völlig ungezwungen über alles reden und vermutlich ist sie auch der einzige Mensch in meinem Leben, bei dem ich mich einfach mal fallen lassen, ich selbst sein und auch mal Fehler haben und machen kann.

Meine Frau weiß natürlich von unserer Freundschaft und auch wenn sie es nicht wirklich prickelnd findet, dass ich mich mit anderen Frauen treffe, ist sie vermutlich einfach froh, dass ich überhaupt irgendwelche Freundschaften pflege. Zumindest denke ich das. Wenn ich ehrlich bin, habe ich sie nämlich noch nie gefragt, wie sie sich damit fühlt, dass ich Vicky treffe.

Warum eigentlich nicht?

Nachdem wir einige Zeit schweigend durch die Gegend gefahren sind, kommt Vickys Polo vor ihrem Haus zum Stehen. Es ist klein, modern und wirkt selbst im Dunkeln und bei diesem ekelhaften Wetter freundlich und einladend. Wortlos verlassen wir das Auto und durchqueren die Haustür.

Vickys Hand legt sich auf meine Schulter und dreht mich zu ihr herum, sodass ich ihr direkt in die Augen schaue. „Und jetzt erklärst du mir, was los ist."

VII.
Mein Leben als Mann

Ich erzähle Victoria alles. Mit Sicherheit weitaus mehr, als ich jemals mit meiner Frau über meine Probleme gesprochen habe. Und es tut verdammt gut. Während die ersten Sätze noch zögerlich über meine Lippen kommen, sprudeln die Worte kurz darauf nur so aus mir heraus. Und mit ihnen meine Angst, meine Selbstzweifel, meine Sorgen, meine Unzufriedenheit und das schrecklich schlechte Gewissen, das ich kurz zuvor noch mit meinem alten Dämon Alkohol betäuben wollte.

Wir haben uns auf Vickys cremefarbenem Sofa niedergelassen, sie in der Mitte und im Schneidersitz und ich am äußeren Rand, den Blick starr zu Boden gerichtet. Zwei dampfende Tassen Fencheltee stehen vor uns auf einem kleinen Glastisch. Victoria hört meinen Geständnissen aufmerksam zu. Ihr Blick ist nachdenklich, etwas mitleidig vielleicht, doch voller Verständnis und frei von jeglicher Verurteilung. *Würde Kim mich genauso ansehen?* Je mehr ich spreche, desto mehr fällt meine Anspannung von mir ab, doch umso elender fühle ich mich auch. All meine Schwächen und negativen Gedanken in so geballter Form zu reflektieren schmerzt schrecklich und tritt all das mit Füßen, was mein Vater mir zeitlebens wieder und wieder indoktriniert hat. Vermutlich würde er sich mit einem verächtlichen Schnauben abwenden und mich einfach sitzenlassen, wenn er mitbekäme, wie sein Sohn vor einer hübschen Frau über seine Gefühle und Wehwehchen jammert, statt absolut alles daran zu setzen, cool und makellos zu wirken und ihr zu imponieren. *Ein Mann muss souverän sein. Er muss stark sein. Er muss würdevoll sein. Er sollte ganz sicher nicht auf irgendeinem Sofa sitzen und irgendwelchen Frauen etwas vorheulen.*

Allmählich versiegt der Strom meiner Worte. Nachdem ich mit belegter Stimme die letzten Sätze gesprochen habe, bleibt mein Blick auf den Boden gerichtet und meine Finger beginnen wieder damit, meine Handflächen zu kneten. *Was Victoria wohl sagen wird?* Das leise Rascheln von Stoff verrät mir, dass sie näher zu mir rückt, dann legen sich plötzlich ihre Arme um mich und sie bettet ihren Kopf an meiner Brust. Mein Herz beginnt heftig zu klopfen. *Was ist bloß los mit mir?* Ihre Umarmung tut wahnsinnig gut. Ich erwidere sie, erst zaghaft, dann mit der gleichen Intensität, mit der auch sie mich hält. Eine unbeschreibliche Wärme durchfließt mich. *Sie duftet so gut.*

„Es tut mir leid", flüstert Victoria an meiner Brust, so leise, dass ich ihre Stimme über das Pochen meines Herzens kaum vernehme. „Es tut mir leid, dass du dich so schrecklich fühlst und dass du glaubst, du seist für irgendwas nicht gut genug. Wer auch immer dir eingeredet hat, du müsstest immer perfekt sein, ist ein absolutes Arschloch."

Ich schweige. Ein Kloß steckt in meinem Hals.

„Jeder Mensch darf Fehler machen", fährt Vicky leise fort. „Das gilt auch für Männer. Fehler machen dich nicht schwach oder nutzlos. Sie gehören zum Leben und zum Menschsein einfach dazu. Und weißt du was? In deiner Brust höre ich das Klopfen eines sehr liebevollen und starken Herzens. Lass dir niemals etwas anderes vormachen."

Mit diesen Worten sieht Victoria zu mir auf. Unsere Blicke treffen sich und verschmelzen miteinander. Sie ist so nah. So warm. *Dieser Blick.* Mein Herz pocht wie wild. Ihre Lippen nähern sich meinen.

VIII.
Mein Leben allein

Mit jedem meiner Herzschläge scheint sich die Zeit weiter zu verlangsamen. Victorias Augen schließen sich. Ihre Lippen sind so nah an meinen. Ihr Duft. *Wie schön sie ist.* Die Wärme ihres Körpers. *Sie tut mir gut.* Ich nähere mich ihr. *Ihre Lippen.* So nah. *Nein. Doch. Ich kann nicht. Lass es zu. Kim.*

KIM!

Ein Blitz durchzuckt mich. Gleißend. Schmerzhaft. Ich erwache, komme schlagartig zu mir. *Was tue ich hier?* Mein Herz rast. Victoria. *So nah.*

Heftiger als beabsichtigt zucke ich zurück. Vicky schreckt auf. Verwirrung huscht über ihre Züge. Ihr Blick sucht meinen und versucht darin zu lesen. Ich bringe kein Wort heraus, kann sie einfach nur gehetzt anstarren. In meinen Augen scheint Victoria etwas zu sehen, denn plötzlich wandelt sich ihr Ausdruck. Erkenntnis. Schmerz. Bedauern. Scham.

Ihr Blick löst sich von meinem, sie wendet sich ab und rutscht ein großes Stück von mir weg.

„Es tut mir leid", haucht sie tonlos und ohne mich anzusehen. „Ich weiß nicht, was in mich gefahren ist und was das sollte."

In einer hilflosen Geste strecke ich die Hand nach ihr aus.

„Nicht!", entfährt es ihr heftig und ich ziehe mich sofort wieder zurück. Als sie mir wieder in die Augen sieht, erkenne ich nur noch Schmerz in ihrem Blick. *Was habe ich getan?*

„Ich habe dich echt gern", flüstert Victoria und ich kann den gequälten Ausdruck auf ihren Zügen kaum ertragen. „Ich wollte dir wirklich nur helfen. Das da eben -"

Sie stockt, weil ihre Stimme bricht und ich bin mir sicher, dass aus meinem Hals nur ein heiseres Krächzen käme, würde ich jetzt zu sprechen versuchen.

„Das war keine Absicht", setzt Vicky erneut an. „Ich wollte deine Situation nicht ausnutzen."

Endlich finde ich meine Stimme wieder, wenn auch nur eine schwache. „Ich weiß."

Ich ertrage es kaum, in das gequälte Gesicht meines Gegenübers zu sehen. „Du hast nichts falsch gemacht", bringe ich kraftlos hervor und lege behutsam meine Hand auf ihre. Sie lässt es geschehen. „Und es gibt auch nichts zu verzeihen. Ich bin derjenige, der sich Vorwürfe machen muss. Ich rufe dich aus dem Nichts an, lasse mich von dir aus irgendeiner selbst eingebrockten Scheiße retten, lade dann all meinen seelischen Müll bei dir ab und wühle dich damit auch noch völlig auf."

Ehe ich die nächsten Worte ausspreche, lasse ich ihre Hand los und wende meinen Blick von Victoria ab. „Ich mag dich auch. Viel mehr als ich sollte. Und genau deshalb muss ich sofort Abstand gewinnen. Andernfalls wird viel zu vielen Menschen wehgetan.

Ich verspreche dir, dass ich mich bei dir melde, sobald mein Kopf wieder besser funktioniert. Und dann reden wir in aller Ruhe miteinander. Wenn du das dann noch möchtest."

Das Lächeln, das sie mir zur Antwort schenkt, ist traurig und doch erkenne ich Dankbarkeit darin.

„Bist du sicher, dass du klarkommst, wenn du jetzt gehst?", fragt sie mich mit belegter Stimme.

Ob ich klarkomme?

Ich lächele schwach.

„Nein."

IX

Mein Leben ohne Sinn

Nachdem es mir endlich gelungen ist, Victoria glaubhaft zu versichern, dass meine Äußerung nur ein dummer Scherz gewesen sei, ich ganz bestimmt klarkäme und sie mich ohne Gewissensbisse gehen lassen könne, verlasse ich mit kraftlosen Schritten ihr Haus und trete in die kalte Nacht hinaus. Ich fühle mich schrecklich, meine Freundin dermaßen aufgewühlt und verletzt zu haben und hasse mich einmal mehr für meine Schwäche und Rücksichtslosigkeit. Und ich fühle mich schrecklich, weil ich kurz davor stand, Kim zu betrügen. Von allen Menschen auf der Welt ausgerechnet meine Kim. Die Frau, die mich immer unterstützt. Die Frau, die immer Geduld mit mir hat und mir meine Fehler nicht ewig vorwirft. Die Frau, die jederzeit für mich da ist, wenn ich mal mit einer Sorge oder einem Problem zu ihr komme.

Was wäre geschehen, wenn ich mit ihr über all meine dunklen Gedanken gesprochen hätte? *Ich konnte sie doch nicht damit volljammern.* Wie wäre sie mit meiner Angst umgegangen? Warum habe ich nie mit ihr darüber gesprochen? *Keine Schwäche zeigen. Souverän sein. Die Familie stützen. Wann habe ich meine Frau eigentlich zuletzt gefragt, wie es ihr geht?*

Ich werfe Victorias Haus einen letzten hilflosen Blick zu. Hinter ihrem Schlafzimmerfenster geht das Licht an. Legt Vicky sich gerade schlafen? *Wie es ihr wohl gerade geht?* Ich fühle mich dermaßen scheiße. Zum Abschied hat Vicky mich umarmt, mir ganz viel Kraft und alles Gute gewünscht und mir versprochen, dass sie definitiv antworten werden, wenn ich sie irgendwann anrufe, um mit ihr über alles zu reden. Sie wäre jederzeit für mich erreichbar.

Das Problem ist, dass ich sie angelogen habe.

Ich werde nicht mit ihr über alles reden.
Ich werde sie nicht mal anrufen.
Die Wahrheit ist, dass mir mit dem heutigen Abend und dem Schmerz in den Augen meiner Freundin endlich klargeworden ist, dass ich durch mein ignorantes und selbstsüchtiges Verhalten stetig mehr Leute in meine verdammte Abwärtsspirale ziehe und sie zum Teil meines aussichtslosen Kampfes gegen mich selbst mache. Und was haben sie davon? Worin resultiert ihre Nähe zu mir? Ihnen wird wehgetan. Sie werden unglücklich. Sie opfern sich für mich auf und müssen dann doch mitansehen, wie ich immer weiter in meinem inneren Sumpf versinke.

Das muss aufhören.
Meine Handflächen schmerzen unter dem Druck meiner Finger, während ich mich schwach in Richtung meines Zieles schleppe. Einen Schritt nach dem anderen. Meine Beine sind unendlich schwer. Noch ein Schritt. *Soll ich Kim anrufen?*

Die Stille der Nacht wird vom rhythmischen Rattern eines Zuges durchbrochen, der ganz in der Nähe mit unermüdlicher Eile über die Gleise schnellt. Noch ein Schritt. *Nicht mehr weit.* Das Rattern verklingt. *Kim.* Die Stille kehrt zurück. *Ich würde so gern noch einmal ihre Stimme hören.*

Ich erreiche eine Böschung, mache mich an den Aufstieg, rutsche auf der feuchten Erde aus und kann mich doch auf den Beinen halten. Ich erklimme die Steigung mit wackeligen, unsicheren Schritten und blicke hinab.

Hinab auf das Gleisbett.

X.
Mein Leben am Abgrund

Es ist wirklich seltsam, was für eine gespenstische Ruhe sich in einem Menschen ausbreiten kann, wenn er erkennt, dass etwas unvermeidlich ist. Der Kopf beginnt zu schweigen, das Herz kommt zur Ruhe, die Atemzüge werden tief und gleichmäßig. Zum ersten Mal seit einer Ewigkeit breitet sich so etwas wie ein Gefühl des Friedens in mir aus. *Es ist am besten so.* Ich lasse mich vorsichtig ins nasse Gras sinken, ziehe meine Beine an und lege die Arme um sie. Dann bette ich mein Kinn auf meinen Knien und schaue hinab auf die Gleise. Hinab auf den Ort, an dem alles enden wird.

Als Kind habe ich Züge geliebt.

Ich war fasziniert davon, dass ein einzelnes Fahrzeug die Kraft haben kann, unzählige tonnenschwere Waggons über kilometerlange Strecken zu ziehen und diesen Zweck auch noch unermüdlich wieder und wieder erfüllt, ohne schon nach wenigen Malen völlig zerstört zu sein.

„Das ist", hatte mein Vater irgendwann zu mir gesagt, „wie bei uns Männern. Wir müssen viel leisten. Immer wieder, immer unter Hochdruck und ohne Pause. Würden wir schlappmachen, wären wir völlig nutzlos und würden garantiert ersetzt. Wer braucht schon eine Lok, die keine Waggons ziehen kann?"

Ab diesem Moment hatte ich Züge nicht mehr so gern gemocht. Der Gedanke daran, wie sie unter der extremsten Belastung unnachgiebig zu ständigen Höchstleistungen gezwungen waren und sich stets vor der drohenden Verschrottung fürchten mussten, verdrängte mein Bild des fröhlich und motiviert über die Gleise preschenden Zuges, der stolz auf seine Kraft war und es genoss, diese für andere einzusetzen.

Ein ICE rattert lautstark vorüber und reißt mich aus meinen Gedanken. *Wie lange sitze ich schon hier?* Langsam erhebe ich mich und schaue zum Himmel hinauf. Viele der dunklen Regenwolken haben sich verzogen und haben den Blick freigegeben, auf einige Sterne und den fast vollen Mond. Wunderschön und hypnotisch hängt der kalt leuchtende Himmelskörper über mir und ich frage mich, wann ich mir eigentlich das letzte Mal die Zeit genommen habe, ihn in aller Ruhe zu betrachten. Oder generell einmal innezuhalten, meine Umwelt wahrzunehmen und sie einfach nur zu genießen.

Ich lasse meinen Blick noch etwas länger auf ihm ruhen, schließlich wird es meine letzte Gelegenheit dazu sein. Dann löse ich mich von dem zauberhaften Anblick und steige vorsichtig hinab zu den Gleisen. Dort unten, etwa drei Meter von den Schienen entfernt, wuchert ein großer Strauch, hinter dem ich mich verbergen kann, bis der nächste Zug nah genug herangekommen ist. Zunächst hatte ich überlegt, mich einfach auf die Gleise zu legen, doch gehen diese in diesem Bereich ein gewaltiges Stück geradeaus und so wäre ich für den nahenden Zug viel zu früh bestens sichtbar.

Also gehe ich neben dem Strauch in die Hocke. Warte. Warte auf den Zug. Warte auf das Ende.

In einiger Entfernung springt das Lichtsignal auf Grün.

XI.
Mein Leben in Trümmern

Ich atme tief durch.

Jeden Moment sollten die Lichter des nächsten Zuges in der Ferne erkennbar werden und dann dauert es nicht mehr lang. Den nächsten Sonnenaufgang werde ich nicht mehr erleben.

Es ist das Richtige.

Ich denke an Kim. *Warum jetzt? Warum muss ich ausgerechnet jetzt an sie denken? Davon wird das hier auch nicht leichter.* Kim liegt in diesem Moment in unserem Ehebett und weiß nicht mal, dass ich nicht an ihrer Seite bin. Morgen wird sie ihr Leben ohne mich fortsetzen. Ohne den Mann, der ihr mehr Bürde als Hilfe ist und der sie immer wieder wegen irgendwelcher Kleinigkeiten anfährt, statt sie in den Arm zu nehmen und ihr zu sagen, dass er sie liebt. *Sie wird allein sein. Allein. Mit dem neuen Baby. Mit Maja.*

Sicher wird sie um mich trauern, doch das wird vergehen und dann wird sie glücklicher sein, als sie es jetzt ist. *Im Moment muss sie einfach unglücklich sein. Oder?*

Ich werfe einen Blick um den Strauch herum, die Gleise entlang. Lichter sind zu sehen. Der Zug. Bald wird er mich erreichen.

Gleich ist es soweit.

Nicht nur Kim soll es durch meine Tat besser gehen. Sie ist nicht die einzige Person, die meinetwegen leidet. Nicht die einzige Person, der gegenüber ich mich schrecklich verhalte. Ich erinnere mich an die Tränen der kleinen Maja. Tränen, die nur vergossen wurden, weil ich mal wieder meine Beherrschung verloren und meine Wut und Ohnmacht an meinem Kind ausgelassen habe, statt mich endlich darum zu kümmern, meine Situation zu verbessern. Tränen, wie sie in letzter Zeit so furchtbar oft geflossen sind. *Viel zu oft.*

Aber werden diese Tränen jemals wieder versiegen, wenn ich meiner Tochter ihren Vater entreiße?

Und mit diesem Gedanken bricht eine Gedankenflut über mich herein, die dermaßen machtvoll und überwältigend ist, dass mir schwindelig wird. Ich schwanke. Unsicher stütze ich mich mit einer Hand am feuchten Erdboden ab. Der Zug ist jetzt ganz nah. Noch ein paar Sekunden, dann muss ich loslaufen. *Tue ich hier das Richtige? Ja. Ich befreie meine Familie. Ich befreie Kim und Maja von einer Last. Ich nehme ihnen all die Sorgen, die sie sicher meinetwegen haben. Ich nehme ihnen den Stress. Ich nehme ihnen ein Familienmitglied. Ich nehme ihnen den geliebten Ehemann. Ich nehme ihnen den Papa. Ich nehme ihnen –*

Ihr Leben.

Wenn ich mich jetzt vor diesen Zug werfe, beende – nein, zerstöre - ich nicht nur mein eigenes Leben. Ich zerstöre Kims Leben, traumatisiere sie vielleicht für immer. Ich zerstöre Majas Leben. Ich entreiße ihr ihren Vater, zwinge sie dazu, mitansehen zu müssen, wie ihre Mutter unter meinem Tod leidet. Ich zerstöre das Leben meines Sohnes, der seinen Vater niemals kennenlernen wird. Ich beende das Leid nicht. Ich lasse es explodieren, vertausendfache es und mache es unsterblich.

Der Lärm des vorbeirasenden Zuges ist ohrenbetäubend.

XII.
Mein Leben am Scheideweg

Benommen blicke ich der Bahn nach, bis sie in der Nacht verschwunden ist. *Was ist gerade geschehen?*

Mein Herz rast wie verrückt. Schwer atmend falle ich auf meinen Hosenboden, als meine Beine vollends nachgeben. Ungläubig starre ich auf meine zitternden Hände. Panik erfasst mich. *Weg! Nur weg von hier!* Auf allen Vieren stürze – krabbele – ich die Böschung hinauf. Mein Körper gehorcht mir kaum. *Weg von den Schienen!* Ich rutsche aus, schlage auf der matschigen Erde auf, rappele mich wieder auf und krieche weiter.

Als ich endlich oben angekommen bin, lasse ich mich kraftlos ins feuchte Gras fallen, rolle mich auf den Rücken und ringe verzweifelt nach Atem. Der Schock darüber, was ich soeben um ein Haar getan und was ich damit angerichtet hätte, frisst sich durch meinen Körper und lähmt ihn mehr und mehr. *Atme. Beruhige dich. Du lebst. Du bist noch da.*

Ich schaue zum Himmel, suche den Mond, finde ihn und halte ihn mit meinem Blick fest. *Atme.* Ich kann mich nicht bewegen. *Ganz ruhig.* Mein Herz fühlt sich an, als würde es jeden Augenblick zerspringen. *Der Mond. So schön. Atme. Beruhige dich. Kim. Maja. Ich –*

Ich lebe.

Im Kampf gegen meine Panik verliere ich jegliches Zeitgefühl. Ich starre gebannt zum Mond, versuche die Kontrolle über meine Atmung zurückzuerlangen und mich irgendwie zu beruhigen. Für eine Weile erscheint mein Vorhaben aussichtslos. Es wirkt, als wäre ich für immer in meinem Schock und meinem überlasteten Körper gefangen.

Doch dann spüre ich es.

Ganz langsam werden meine Atemzüge ruhiger und tiefer. Mein Herzschlag kehrt mehr und mehr zur Normalität zurück. Das Zittern, das mich schüttelt, nimmt ab. Ich kann meine Hände und Beine wieder spüren und bin schließlich sogar in der Lage, wieder klarer zu denken.

Ich lebe.

Kim, Maja, ich komme bald nach Hause.

Ich lasse mir Zeit. Zeit, zur Ruhe zu kommen. Zeit, durchzuatmen. Zeit, den Mond zu betrachten. Und ich weine. Ich weine, weil ich meine geliebte Frau und meine wundervolle Tochter beinahe nie wieder gesehen hätte. Ich weine, weil ich ihnen beinahe Ehemann und Vater entrissen hätte. Ich weine, weil mein Sohn und ich uns niemals kennengelernt hätten. Und ich weine, weil ich so ein Idiot war. *Wieso habe ich nichts gesagt? Wieso habe ich nicht mit meiner Frau darüber gesprochen, wie es mir geht? Wieso habe ich nie versucht, an meiner Situation etwas zu ändern? Wieso habe ich mir nicht schon längst Hilfe gesucht?*

Weil ich dachte, ich dürfe es nicht!

Langsam, mit unsicheren Bewegungen, setze ich mich auf und atme tief durch. *Wie bescheuert.* Mit den Handballen reibe ich meine Augen trocken. *Warum sollte ich mir nicht helfen lassen dürfen?* Noch einmal blicke ich zum Mond hinauf. *Weil es Schwäche wäre? Und das, was ich da eben vorhatte etwa nicht? Hätte ich mich wirklich für Kim, Maja und meinen Sohn vor diesen Zug geworfen? Oder nur für mich?*

Ein letztes Durchatmen, dann erhebe ich mich langsam vom nassen Boden.

Ich will nach Hause.

Zu meiner Familie.

XIII.
Mein Leben danach

Mein Heimweg dauert eine halbe Ewigkeit, schließlich liegen die Bahnstrecke und Victorias Haus nicht gerade in unserer Ecke der Stadt. Während ich auf dem Hinweg noch den Luxus genießen durfte, in Vickys Polo kutschiert zu werden, muss ich den Rückweg nun zu Fuß bestreiten. Immerhin habe ich so mehr Zeit zum Nachdenken. Und die brauche ich gerade. Es steht außer Frage für mich, dass ich endlich mit Kim reden muss. Ich muss ihr endlich erzählen, was in mir vorgeht. Ich muss ihr endlich von meinen unzähligen Ängsten und Sorgen berichten. Und ich muss ihr endlich sagen, dass ich schon viel früher mit ihr hätte sprechen müssen, dass es mir unendlich leidtut und dass ich sie über alles liebe.

Und ich hoffe, sie kann mir verzeihen.

Doch das ist noch nicht alles. Ich muss morgen früh unbedingt mit meiner Tochter reden. Sie soll wissen, dass ihr Papa deswegen in letzter Zeit so böse und gemein war, weil es ihm nicht gutging und er furchtbar traurig war. Sie soll wissen, dass absolut nichts davon ihre Schuld war und ich sie wahnsinnig liebhabe. Und ich muss ihr sagen, dass ich mir ab sofort viel mehr Zeit für sie nehmen und wieder mit ihr spielen, toben und nach draußen gehen werden.

Und all das muss ich ihr nicht einfach nur sagen. Ich muss es ihr zeigen. Schluss mit den leeren

Versprechungen und den guten Absichten. Vorsätze sind erst dann etwas wert, wenn man sie auch in Angriff nimmt. Und genau das werde ich tun. Ich will keine Tränen mehr auf dem Gesicht meines Kindes sehen, sondern ein glückliches Lachen.

Außerdem werde ich mir Hilfe suchen. Ich habe mir nun lange genug immer wieder bewiesen, dass ich es alleine nicht schaffe, meine Situation zu ändern und zu verbessern. Also werde ich endlich die Option wahrnehmen, mir professionellen Rat einzuholen und mit diesem hoffentlich die Kraft finden, die mir bisher für eine Veränderung gefehlt hat.

Als ich endlich zu Hause ankomme, muss es schon weit nach Mitternacht sein. Ich schleiche mich ins Haus, ziehe die Schuhe aus, lege meine Jacke, meine Schlüssel, das Portemonnaie und mein Handy ab und schlüpfe im Bad in meinen Schlafanzug. Dann pirsche ich lautlos ins Schlafzimmer. Die Vorhänge sind noch offen. Kims Bitte fällt mir ein. Mit einem Lächeln schleiche ich zum Fenster, greife den dicken Vorhangstoff und halte inne.

Langsam drehe ich mich zu meiner Frau um.

Im fahlen Licht des Mondes und der Straßenlaterne wirkt sie blass, doch nicht weniger bezaubernd als im strahlenden Sonnenschein. Ihr Haar hängt ihr wild im Gesicht, ihr Mund ist leicht geöffnet und ich höre sie leise atmen; ruhig und gleichmäßig. Wieder beginnt mein Herz zu klopfen, doch dieses Mal ist es keine

Panik, die es so in Aufregung versetzt. *Und diese Frau wollte ich einfach so zurücklassen.*

Geräuschlos ziehe ich die Vorhänge zu, dann lege ich mich behutsam zu Kim ins Bett. Sie ist ganz nah. Ich kann sie spüren, höre ihren Atem, nehme ihren vertrauten Duft wahr.

„Ich liebe dich", flüstere ich. „Morgen werde ich mit dir über alles reden. Ich verspreche es dir."

Kim bewegt sich leicht, ein sanfter Seufzer kommt ihr über die Lippen. Ich lächele. Mit einem warmen Gefühl im Herzen und dem Geräusch von Kims leisen Atemzügen im Ohr schlafe ich ein.

XIV.
Nachwort

Auch wenn es sich bei „Mein Leben Minus Drei" um ein fiktives Werk handelt, erzählt dieses Buch doch eine Geschichte, die für viele Männer leider ihre Realität darstellt. Vielen von ihnen wird im Laufe ihres Lebens – bewusst oder unbewusst – beigebracht und eingeredet, sie müssten eine bestimmte Rolle erfüllen. Sie seien der unentbehrliche Stützpfeiler ihrer Familie, trügen die alleinige Verantwortung für das Glück ihrer Lieben und müssten zu jeder Zeit 200% geben.

Es stimmt, dass man mit einer Familie extrem viel Verantwortung trägt, dass Pausen Mangelware sein können, dass sich nicht jeder um unsere Gefühle schert und dass uns im Alltag oftmals viel abverlangt wird. Doch niemand – egal ob Mann oder Frau – sollte sich in einer Familie allein verantwortlich fühlen. Eine Familie - welcher Art auch immer – ist kein Soloprojekt, sondern eine Zusammenarbeit und Symbiose. Zumindest sollte sie das sein.

Auch das Bild des Mannes, der niemals Schwäche zeigen darf, stets fehlerfrei sein muss und für den das Weinen ein Tabu ist, ist leider immer noch sehr weit verbreitet, obwohl es schon längst der Vergangenheit angehören sollte.

Nichts spricht gegen Souveränität und dagegen, seinen Kindern ein Beispiel an Ruhe und Gelassenheit sein zu wollen. Doch Menschen sind keine Maschinen. Sie haben gute und schlechte Tage. Sie haben Wünsche, Sorgen, Träume, Ängste, werden krank, können sich irren und noch so viel mehr.

Warum also unter dem Druck einer Erwartung leiden, die ständig zu erfüllen nicht in unserer Natur liegt?

Niemand ist schwach, weil er oder sie sich mal eine Pause nimmt. Niemand ist wertlos, wenn ihm oder ihr etwas mal nicht auf Anhieb gelingt. Und absolut niemand sollte sich dafür schämen, mal Hilfe zu benötigen und auch anzunehmen.

All das ist einfach nur menschlich.

Und sich das einzugestehen ist gesund.

Habt keine Scheu, mal Hilfe anzunehmen, wenn es alleine nicht mehr geht. Es gibt viele Angebote und es ist absolut nichts falsch daran, diese auch zu nutzen:

Telefonseelsorge:
0800/1110111
0800/1110222

Info-Telefon Depression:
0800/3344533
Nummer gegen Kummer – Eltern:
0800/1110550

Nummer gegen Kummer – Kinder/Jugendl.:
116111

Oder sprecht mit eurem Arzt/eurer Ärztin, jemandem aus dem Freundeskreis oder eurer Familie. Es gibt viele Menschen, die euch gerne helfen.

Ihr müsst ihnen nur die Chance dazu geben.

Danksagung

Für dieses Buch gibt es weder eine riesige Liste an Menschen, denen ich für ihr Mitwirken danken kann, noch ein Lektorat, oder Korrektorat. Und ich hoffe sehr, dass man das Fehlen der letzten beiden nicht allzu stark merkt *lach*. Ich hatte beim Schreiben nicht wirklich ein Budget und gebe zu, dass „Mein Leben Minus Drei" ein reines Herzensprojekt war, das ich unbedingt realisieren wollte, auch wenn es vermutlich nicht gerade DAS Thema ist, um das der Buchmarkt sich prügeln wird.

Jedenfalls fragt ihr euch jetzt vielleicht, warum ich überhaupt eine Danksagung schreibe, wenn dieses Buch als reine „Solomission" von mir verbrochen wurde und die Antwort ist eigentlich ganz einfach:

Ich möchte **<u>EUCH</u>** danken!

Mir ist die hier erzählte Geschichte, wie eben schon erwähnt, verdammt wichtig und sie nun im Selfpublishing über Books On Demand zu veröffentlichen war für mich der beste Weg, sie zu einem möglichst günstigen Preis mit euch zu teilen und somit hoffentlich vielen von euch zugänglich zu machen. Und genau aus diesem Grund bedeutet mir jede und jeder von euch, die/der dieses Buch nun in Händen hält und diese Zeilen liest, unglaublich viel.

Vielen Dank, dass ihr meine Geschichte gelesen habt. Ich hoffe sehr, sie hat euch gefallen und kann euch auf die eine oder andere Art zum Nachdenken anregen. Bei mir hat sie das auf jeden Fall geschafft.

Über den Autor

Lukas Limberg ist Buchhändler, verheiratet und Vater zweier Kinder. Er wurde 1992 in Heppenheim geboren und verfasst Geschichten, seit er schreiben kann. Wenn er gerade mal nicht textet oder Bücher verkauft, verbringt er Zeit mit seiner Familie oder beschäftigt sich mit irgendetwas, bei dem er kreativ sein kann. Lukas lebt mit seiner Familie in Hessen.